吴硕贤诗词选集

吴硕贤 著

中国建筑工业出版社

图书在版编目（CIP）数据

吴硕贤诗词选集／吴硕贤著. —北京：中国建筑工业出版
社，2013.12

ISBN 978-7-112-16028-0

Ⅰ．①吴… Ⅱ．①吴… Ⅲ．①诗词－作品集－中国－当代

Ⅳ．①I227

中国版本图书馆CIP数据核字（2013）第256040号

封面题字：吴硕贤
责任编辑：陈　桦　杨　琪
责任校对：姜小莲　赵　颖

吴硕贤诗词选集

吴硕贤　著

*

中国建筑工业出版社出版、发行（北京西郊百万庄）
各地新华书店、建筑书店经销
北京锋尚制版有限公司制版
廊坊市海涛印刷有限公司印刷

*

开本：889×1194毫米　1/20　印张：8⅘　字数：150千字
2014年1月第一版　2014年2月第二次印刷
定价：29.00元
ISBN 978 - 7 - 112 - 16028 - 0
（24775）

山道層層曲
修篁疊疊青
幽泉滲壁出
植被霉巖生
樓舍親林色
庭園遠市聲
涼飈消溽暑
靜卧聽蟲鳴

吳碩賢 南昆山二首
乙丑炎日錄於深圳納涼居
巳堃

重到西湖八月中
風荷正舉志嬌紅
芭蕾仙子新姿美
練就婷婷水上功

吳碩賢 詠荷詩一首
乙丑冬日錄於蘇城悅榈居

色堂

岩嶢秀拔武夷石

靈動清漣九曲流

此水此山情未老

一灣一碥濟剛柔

吳丽賢武夷山九曲溪一首 二〇四

乙丑冬日錄於蕭誠百嘉苑

色堅

玻璃建筑倅通明
尖頂高岸接琺城
月色投輝增聖浩
天光蓋照益晶堂
藍日玉砌珠鑲就
雪國冰雕水結成
疑入龍宮為海客
不由兩腋清風生

吴頌賢

千秋百世
说唐寅才
于江南第
一人不为
浮名漆白
发且挥毫
墨且清吟

吴碩贤

滿城印象遍
金紅葉葉難
攬醉晚楓秀
色斑斕誰繪就
揮毫盡染賴
秋風

吳碩賢
癸巳夏日

前言

　　我自幼在先严、先慈指点下，学习诗词格律和音韵之学，养成吟诵习惯，自初中开始习作古典诗词以来，数十年间，一直保留此爱好。尽管我后来读的是理工科，主要从事建筑技术科学的教学、科研与工程设计、技术咨询工作，但闲暇之际，写作诗词和练习书法仍是我的主要业余爱好。每当在学术研究与工作中有所感悟，对社会、人生有所思索，在人际交往中萌发情感，或游历城乡名胜时有所触动，便会将这些内心的感悟与体会用诗词记录下来。尽管只是偶尔吟之，每年不过数首，至多十余首，然而日积月累，数量便也相当可观。

　　我的一些诗词作品，过去也曾出版与发表过。1993年之前的作品，曾于1995年结集《偶吟集》，与先严的诗词选《松风集》合集，一并交由浙江古籍出版社出版。2002年中国建筑工业出版社出版华南理工大学建筑学院七十周年学术丛书时，又曾出版过我的文集《音乐与建筑》。在其附录中，也曾收录《偶吟集》及其后直至2002年间写作的若干与建筑环境相关的诗词作品。此外，台湾的《古今艺文》杂志，曾分数次较系统地刊载我的诗词作品。其他有些作品，也曾分散地发表于诸多报刊和诗词专辑中。这其中包括《意匠集：中国建筑师诗文选》、《清华百年诗集》、《韵藻清华——清华百年诗词辑录》、《诗词浙大》、《金银岛诗词选》、《二十世纪中华词苑大观》

及《江山多娇·中华旅游诗选》等等。

光阴似箭，日月如梭，自2002年《音乐与建筑》出版以来，不觉又有十个年头过去了。这十年来，我又陆续创作了不少诗词作品。此次将这些作品荟萃出版，也算是对本人业余诗词创作做一个回顾与总结，敬请广大读者不吝指正。

承蒙中国建筑工业出版社惠允出版拙著，谨此表示诚挚之谢意。

目录

鱼　趣 1960

一汪见底清，倒影入湖心。
藻里鱼儿乐，嬉游戏赤云。

山　野 1961

鸟语周山怡耳回，琼花四野盈眸开。
苍苍荣木峰巅立，汩汩悬泉天上来。

观 雨 1961

长天如海云为浪，变幻升腾泡沫翻。
霰玉纷飞三百丈，顿成大雨落人间。

游 泳 1962

头枕清波望楚天，江山苍郁水回旋。
蛙爬蝶仰从心欲，浪子弄潮正少年。

菽庄花园　1963

欣游鼓浪菽庄园，万里东溟呈眼前。
亭榭玲珑依水立，回廊曲折傍山旋。
迎眸翠色宜留影，入耳潮声可入弦。
应季名花开四处，蜂飞蝶舞乐陶然。

游春访友　1964

新春宜访友，相约赴城郊。
目骋平畴阔，怀开天宇高。
驱车常恐后，举案辄争豪。
不觉时将夕，西天赤焰烧。

高考发榜抒怀　1965

1965年余以高考六科569分的成绩居全国理工科总分第一，
录取清华大学，感赋一律。

师朋报喜鹊噪枝，考取清华慰所思。
十载寒窗攻读日，一朝金榜题名时。
投身学海寻珠玉，辟径书山采桂芝。
收拾行装期北上，前程似锦任驱驰。

云　山〔十六字令〕　1966

山，雾浸云遮水气寒。天初曙，朦胧更好看。

火车途中即景〔清平乐〕 1966

山深流缓，
涧石苔衣满。
烟雾茫茫云漫漫，
截去青峰一半。

铁龙飞度山中，
峰移涧转从容。
日出云飞雾散，
群山面面葱茏。

桂　林〔水调歌头〕 1966

神往西南久，

今向桂林行。

阅尽万千山势，

数此最峥嵘。

峰岭嵯峨集结，

酷似奔腾万马，

引颈向天鸣。

又似锋刃露，

云际插青萍①。

骆驼憩，

雄鸡斗，

象临汀。

七星岩里关住，

走兽及飞翎。

芦笛岩中更有，

无数琼枝玉树，

宫阙自然成。

拨动漓江水，

赞叹发心声。

〔注〕①青萍：古剑名。

别友人 〔御街行〕 1967

春风竹院花枝密，
月影淡，
人声寂。
心潮起伏意难平，
溅得明眸潮湿。
无须细诉，
依依惜别，
由此知心迹。

钟情何必曾相识？
互敬慕，
相怜惜。
湖山此去隔千重，
还盼知君消息。
道声珍重，
应声再会，
万里长相忆。

海滨游泳　1967

平生偏爱水，入海倍轻盈。

驭浪骑奔马，凌波卧迅鲸。

潜身珠阙乱，奋臂贝宫倾①。

何必犀牛角，能游碧玉城。

〔注〕①屈原《九歌》之一《河伯》云："鱼鳞屋兮龙堂，紫贝阙兮珠宫。"

西　湖　1967

历代文人咏，西湖景弥嘉。

桂风吹不冷，萍水漾无哗。

绿带箍银镜，明池落彩霞。

流连几忘返，愿此长为家。

学府武斗纪实〔渔家傲〕 1968

落叶纸花飘满地，
铁篱路障相交织，
震耳喇叭声未止。
斜阳里，
楼穿弹洞玻璃碎。

亘古未闻奇怪事，
学堂火并烽烟起，
同室操戈分派系。
思无计，
师生复课成空议。

伤　别〔满江红〕 1968

二度悲欢，
又兼那，
三番挫折。
仿佛是，
鸿沟相隔，
不容飞越。
似火温情余烬末，
如胶厚爱溶冰雪。
几回回梦醒起徘徊，
愁肠结。

秋风冷，
寒光彻。
多少事，
时明灭。
惜芗江分手，
竟成终诀。
仍欲凌霄怀壮志，
犹期在世留芳烈。
莫枉将岁月付东流，
抛心血。

慰病友〔卜算子〕 1969

花谢兆花开，
荣萎原天数。
一脉生机系茎根，
寂寞随寒暑。

勉力蓄精华，
勉力承甘露。
一待春风浩荡来，
试看新葩吐。

梦归芗城 1969

薰风伴我越千冈，倏忽飘飞返故乡。
半壁登临云洞石，中流击棹九龙江。
圆山一带荔枝熟，芗水之滨稻谷香。
花气如醇人欲醉，醒来唯见月轮光。

赠小麟　1969

冯小麟同学因病归苏州故里历时三月，赠诗以慰之。

光阴荏苒移，三月怅暌离。

沧浪曾游屐？留园应赋诗。

精神宜快悦，性格当和怡。

大地回春日，欣欣发绿枝。

毕业与诸学友共勉〔贺新郎〕　1970

雪伴春来到，落悄悄，衣原饰野，栖枝溶泖。天宇昭昭平川皓，扮个银装素缟。看不厌，京都风貌。我自凝眸凭高处，觉今朝，更识容颜俏。念将去，倍增嫽。

同窗五载皆年少，到如今，雄心正炽，风华方茂。恰似春风吹良种，飘越江河岳峤。待来日，南江北嶂，千树松杨齐争傲。祝诸君，未待青丝老，创业绩，传佳报。

绛帐即景　1970

依稀树影远人村，秦岭冥濛化入云。

油菜花黄春麦绿，轻尘起处走羊群。

寄小胡〔水调歌头〕 1970

才涨春池水，

志共雪山高。

不料球场骁将，

竟有此风骚。

常忆清华园里，

商量词章翰墨，

初始识英豪。

三夕与君话，

肺腑便相掏。

钢城沸，

英雄集，

矿丰饶。

细挑文学矿石，

投入冶炉烧。

欲有功勋建树，

莫使庸思逸念，

磨得壮志销。

来日文坛上，

星曜照九霄①。

〔注〕①胡小胡，现代作家，著有《阿玛蒂的故事》及《蓝城》等。

秦川吟　三首　1970

一

榆李桐杨柳杏槐，千姿百态沐春晖。

风轻白絮狂犹舞，蜜重黄蜂倦不飞。

自古长安招墨客，而今关内会英魁。

川原广阔当笺稿，欲写奇诗万卷回。

二

羽翼初丰试独驶，西穿险峡越潼关。

乡亲遥寄殷勤语，学侣频赠慰勉言。

有志偏行针棘道，埋头愿驾铁车辕。

郊原洒汗连珠下，胜过凉台听管弦。

三

闹市繁城何足恋？长辞友侣别故乡。

泥墙草盖为居室，芳甸云空作厂房。

一列青龙游四野，两条银轨贯八方。

我生足迹遍天下，奋战荒川志愈刚。

吴硕贤诗词选集

14

工地抒怀〔满江红〕 1971

雄峙群峰，

依然是，

英姿风发。

兼程急，

东溟有约，

夕昕不辍。

万古青山犹振奋，

千秋流水无停歇。

对江山风物畅遐思，

襟怀豁。

串云散，

长烟灭，

急风止，

雷声绝。

待铁龙飞逝，

再挥叉镢。

乐向荒沟修石铁，

羞寻幽苑吟风月。

愿余生发一分光辉，

三分热。

登华山〔木兰花慢〕 1971

趁春风渐暖，

登华岳，

入云天。

正年少风扬，

攀高履险，

意合情忺。

凌云笔，

搁不住，

应山川有约赋诗篇。

我爱华山壮采，

华山酬我欢颜。

天门飞渡欲登仙，

唯觉不胜寒，

不如返人间。

琼楼玉宇，

知属谁边？

梳妆处，

寻不见，

料多情玉女应无眠。

俯首神州大地，

千红万紫争妍。

芗　城〔浪淘沙〕 1971

丽日暖芗江，

故地风光。

春花二月播芬芳。

锦瑟年华曾与度，

分外情长。

往事几多桩，

无限思量。

儿时朋辈各殊方。

路上行人多不识，

人事沧桑。

临　潼 1972

若喻关中如绿带，临潼美玉缀秦川。

天悬朗日新枝发，地涌温泉暖气翻。

阡陌纵横经纬线，山原起伏正余弦。

千年帝业今何在，远望皇陵一墓残。

秋　林　1973

秋至丛林景色斑，丹青夹杂紫黄间。
九天仙女梳妆罢，泼落胭脂染众山。

赠友人　1973

忍辞黄浦赴骊山，一路思丝系逝川。
兰桂因风飘馥郁，梧桐借日弄斑斓。
心犀早感温情暖，耳膜犹闻笑语喧。
若是他年能再会，凌波奋桨看飞船。

偶 感 1974

歌乐赏闻何所循，半由旋律半由人。
乡音少小听来惯，惹忆牵思调自亲。

无 题 1974

欣愁泰半各随心，一样秋光两样吟。
保得春风情绪永，额边白发信难侵。

忆往事〔临江仙〕 1975

落照余晖移薄影，
花馨透入琴厅。
轻盈十指奏玲玎。
心扉开一缝，
脉脉暖流生。

晨雾池烟迷馆阁，
莺声度过兰汀。
穿花分柳醉相迎。
明眸凝对处，
已定一生盟。

悼总理〔满江红〕 1976

一代英华，
周总理，
溘然永诀。
五洲恸，
日星光黯，
海江波咽。
伟绩丰功遭鬼忌，
高风盛德教人洁。
洒神州遍地骨灰香，
如梅雪。

绝私念，
胸怀阔，
为孺子，
呕心血。
一生波澜广，
愧羞先哲。
谈判从容操胜券，
外交潇洒传佳说。
看万邦一致仰英灵，
光昭烈。

除四害〔更漏子〕 1976

起雄师，

除四害，

亿万人心大快。

齐讨伐，

表群情，

震天排炮轰。

营私蠹，

害人蛊，

转眼沤成粪土。

挥激浪，

荡妖氛，

九州无限春。

打倒四人帮〔庆春泽〕 1976

妖出黄泉，

精生白骨，

扮成道貌蛾眉。

鬼蜮乔装，

厚施油彩胭脂。

含沙射影为能事，

更经营帽子公司。

满天飞，

踩着人头，

作上天梯。

高词阔调终朝唱，

却偷将鱼目，

混换珠玑。

阴雾迷空，

欲遮旭日光辉。

鸡声啼破南柯梦，

看神州八亿英奇。

尽钟馗，

降伏魑魔，

扫尽虫蜘。

游鼓山 1977

千株翠柏张阴翳，数道红墙笼紫烟。
欲识榕城全面貌，何辞直上鼓山巅。

菊 展 二首 1977

一

十月西湖秋意闹，繁英簇拥锦千堆。
若非解了禁花令，焉得群芳烂漫开。

二

秋光胜似春光好，品菊心花相映开。
百色千姿迷眼乱，还凭艺匠巧栽培。

贺新居　1977

新居从此乐安栖，花卉芳菲覆曲蹊。
五百春秋心上刻，四时风物笔端题。
青萍漂泊昨方已，老树扎根今启倪。
兴至偕朋游野甸，陶然不觉日偏西。

春天颂　1978

莺飞草长阳光灿，蓬勃生机破嫩寒。
池柳轻盈拂水面，山松挺拔插云端。
千蜂脱蛹翻新翅，万蕾开葩露笑颜。
最是初春风景好，天时人事两心欢。

祖国颂　1978

母亲祖国姿容美，处处春光处处花。

百管金簧歌烂漫，千寻彩卷写风华。

人才荟萃罗星斗，文物延锦蔚锦霞。

更喜甘霖滋沃野，神州遍地茁新芽。

重进清华深造感怀　二首　1978

1978年我国恢复招收研究生。

余作为"文革"后首批研究生再度进入清华大学深造，感触良多，因赋二律。

一

清华二进值重阳，梦想成真喜欲狂。

弟子研修思发愤，先生指导费周章。

十年浩劫时辰误，一代蹉跎学业荒。

决策英明崇知识，中兴教育补亡羊。

二

八年海内分知己，知己今朝再比邻。

百感缠绵疑是梦，众心憧憬应成真。

方为外语迷宫客，又作西符洞府神。

别女离妻终不悔，书中景致赛阳春。

云冈石窟 1979

万尊佛像雕岩窟，长目丰颐耳着肩。
阅尽沧桑千百载，超然依旧看人间。

大同九龙壁 1979

五色琉璃塑九龙，条条神态不雷同。
风吹池水浮云絮，恍见须鳞舞昊空。

大同上华严寺　1979

构筑恢宏镇大同，国中佛寺此称雄。
辽金粗犷承唐制，檐角峥嵘衬碧穹。

下华严寺辽塑　1979

华严辽塑世之珍，泥垩堆成顿有神。
若就雕工技艺论，今人还应学先人。

应县木塔　1979

应州木塔冠中原，挺秀雄奇蔚大观。
千里来游伸壮志，直登刹顶摩青天。

蓟县独乐寺观音阁　1979

鸱尾翘天檐出唇，体型隽美赞山门。
全凭斗栱匀承力，高阁至今仍固存。

游清东陵　1979

定陵看罢看东陵，玉室铜扉锁渺冥。
清季末年财力窘，犹营窀穸显奢荣。

答友人　1980

君问行期无定期，漫坡红遍荔枝时。
家乡景物常思忆，每令旅人归梦痴。

赠 别　1980

萍踪沧海半甘辛，一诉情怀忒动人。
南去飞鸿多保重，来年振翮揽星辰。

观电影宝莲灯口占　1980

信言金石动精诚，一点灵犀舞袂轻。
倘使佳人终塑像，书生何必枉多情。

水木清华　　1980

木自华来水自清，柳丝深处隐双亭。
荷塘月色流连处，断续蛙声伴读声。

未名湖　　1980

未名湖上晚凉生，水映黉楼灼灼明。
知识泉甘如醴酪，心田吸入润无声。

参观中南海　1980

幽居禁苑一朝开，四下游人络绎来。

淅淅金风吹落叶，滔滔白浪拍瀛台。

运筹转瞬城乡动，落笔旋看天地回。

唤起蛰龙齐踊跃，只缘此处响春雷。

赞叶圣陶先生　1980

耄耋身犹健，精神益葱茏。

文章光史简，道德志金钟。

识博同渊海，情亲若父翁。

一生勤诲导，遍地李桃秾。

清华大学校庆七十周年〔鹧鸪天〕 1981

时值良辰绿满眶，

清华学子四方来。

缤纷绚烂摘花簇，

郁茂葱茏列栋才。

欣荟萃，喜盈怀。

佳音捷报寄天涯。

振兴祖国同心愿，

互勉赠言意不差。

悼茅公 三首 1981

茅盾先生生前关心我的诗词创作，并为我的诗词稿集《偶吟集》题签，实深铭感！

惊悉茅公病逝，文坛巨星陨落，曷胜悲悼。感赋俚诗三首，以寄哀思。

一

吾拜昌言受益多，惊闻噩耗泪滂沱。

遥天愁对文星殒，重展遗篇送揣摩。

二

五车书帙心中志，半世风光卷里收。

不是人生观察透，何来鸿笔写春秋。

三

捧观大作钦通议，藉识神州旧面容。

警辟精华洵不朽，才人一代属茅公。

惠山映山湖　1981

数峰姿绰约，池水染青苍。
无怪惠山美，明湖照玉妆。

寄畅园　1981

明代匠师多创见，园林布局巧经营。
高低错落皆成景，曲折迂回别有情。
借就奇山观秀色，移来活水听清声。
风光不尽包含博，尺幅之间妙趣生。

歌　星　1982

莺啼燕啭银喉润，手比足移玉态怡。
一曲新歌天下唱，音波万顷荡涟漪。

独　舞　1983

亭亭玉立好年华，曼舞清歌一朵花。
日暖枝条终结蕾，泉温根茎助抽芽。
明眸秋水凝轻雾，雪颊春情透薄霞。
倒踢金冠回旋急，身怀绝技众人夸。

清明扫墓感赋　1983

清明时节雨如丝，绿叶垂垂绕墓池。

咫尺阴阳难逾越，经年日夜总相思。

多蒙至爱关怀备，常悔分忧护理迟。

寸草春晖恩未报，唯期敬业慰先慈。

冬日游滇池石林　1984

冬日昆明风物殊，花开又见雪花舒。

龙门高筑银鱼跃，水镜平铺美女娱①。

百位彝娘迎客舞，千枝石笔向天书。

绝佳盆景谁推出？鬼斧神工制画图。

〔注〕①滇池旁的西山又称睡美人山

春郊即景　1984

一待春风回大地，江山着意扮新容。

才抽树杪丝丝绿，又发枝头点点红。

沃土犁开千块墨，清渠引入百条龙。

农家村野收工后，袅袅炊烟没远空。

悼严亲　〔蝶恋花〕　1984

一阵狂风摧树折。

浓雾阴云，

何忍吞晴月。

噩耗传来伤永别，

音容只在心头活。

脑海文波今已灭。

笔砚犹存，

案上尘封帖。

所幸满园桃李结，

词章藻雅留书页。

获博士学位有感　1984

荣膺博士慰平生，瀚海扬帆又一程。

书到用时方恨少，学臻佳境益求精。

边缘领域拓荒始，理纬文经织锦成。

制度于今初设立①，长空伫看众星明。

〔注〕①指我国学位制度于20世纪80年代初刚刚设立，我们是首批我国自己培养的博士生。

重游西湖　1984

曾识当年西子容，相思十载梦迷蒙。

重逢今日情无限，荡荡平湖接碧穹。

游兰亭　1985

1985年5月6日，陪香港理工学院助理院长Ward博士游兰亭。Ward博士不识汉字，仍对王羲之父子的手迹赞不绝口，可见中国书法艺术之魅力。口占一绝以纪游。

幽篁一片抱山隅，圣地果然风景殊。

宾客未能明草迹，犹言绝妙令心娱。

浙江大学　1985

背靠青山傍翠篁，西湖为镜好梳妆。

园中秀色出墙外，求是芳名遐迩扬。

科学诗　四首　1985

电　视

电激荧光转瞬开，缤纷景动乐声回。

大千世界无穷事，尽入玻璃屏幕来。

火　箭

烈焰浓烟送远行，雷鸣十里动天庭。

须臾挣脱千钧力，游入长空放卫星。

计算机

妙算神机叹不如，天文数字巧乘除。
几多信息凭输入，调遣运筹悉听余。

环境工程

人类于今求净土，只缘环境弥嚣尘。
从头收拾山河美，浊水澄清见锦鳞。

平和育英小学校庆七十一周年寄语　1985

日月飞旋念故园，乡情缕缕绕心间。

烧荆绿夏深山坳，拾穗金秋晚稻田。

朗朗书声传户牖，喧喧笑语荡溪泉。

翩翩乳燕风姿好，代代英才赖少年。

香港夜咏〔念奴娇〕　1985

1985年11月，余赴香港出席第二届西太平洋声学会议。
蒙友人殷勤驾车陪我登上太平山顶，俯瞰香港夜景，赋此以纪游。

太平山顶，望香港，莽莽银河铺地。玉宇琼楼高错落，闪烁彩灯虹霓。飞艇流星，奔车曳慧，熠熠相交织。九龙新界，遥看光炯无际。

人道此地当年，天隅海角，冷落未云贵。聚得五洲精气在，方显蟠虬形势。启迪思维，更新观念，莫使神州闷。卧龙腾起，良机今日天赐。

纪念梁思成先生诞辰八十五周年　1986

梁公之学识，博大又精深。

法式承先哲，文章启后人。

丰碑高百尺，斗栱抗千钧。

弟子今犹记，春风化雨心。

寄母校漳州一中　1986

梦境依稀何处寻，芝山脚下绿荫阴。

华年弦柱时回首，友辈音容总入心。

探索焉能图坦直，攀登应不避嵌崟。

师翁诲导未尝忘，教育之恩似海深。

柏　林　1987

立面装修楼宇明，纵横地铁畅通行。

当年战迹今何在，唯有教堂记忆清①。

〔注〕①指柏林市中心的Kaputt教堂，故意保留在第二次世界大战期间被炸毁的屋顶，意在提醒世人勿忘二战的教训。

科　伦　1987

拔地长成大教堂，摩天尖拱自高昂。

莱茵浩漫船无数，铁马金戈镇大江。

罗勒莱　1987

驱车隔岸觅芳踪，仙女临崖披彩虹。

一曲山歌迷过客，纷纷没入碧波中^①。

〔注〕①罗勒莱是莱茵河畔一座山峰，状似仙女。

传说中此仙女以歌声迷惑过往船夫，使其触礁落水。

汉诺威皇家花园　1987

五色灯光映喷泉，一支水柱射云天。

浮雕镂就漩涡美，花圃修成曲线圆。

赴悉尼大学合作研究抒怀　1987

人至中年百事临，春光骀荡发雄心。
大洋飞越重求索，所愿天涯听德音。

悉尼植物湾观太平洋　1988

沙里埋金蚌孕珠，大洋深处隐珊瑚。
无根浪沫翻腾上，呈现片时锦绣图。

悉 尼 1988

钢桥横跨势如虹，高举白帆孕满风。
夹岸琼楼遥注目，长天阔海碧无穷。

堪培拉 1988

依就圜丘营大厦，精心规划展宏图。
穹隆构架遥相对，极目平湖灿若珠。

寄朱琴晖　1988

红粉青衫结识深，人生难得一知音。
情投意合终生愿，聚少离多两地心。
以沫相濡贫亦足，竭诚对待昔同今。
少年往事时回忆，芗水闽山入梦吟。

咏　梅　1988

大地寒凝霜色浓，却闻香气散林丛。
千枝舒展身筋健，万瓣绽开辅靥红。
待孕青梅春早到，犹存粉蕊雪先溶。
风骚独领隆冬日，懒与群芳比倩容。

贺女儿吴燕评上全国十佳少年① 1989

芝山水土育新芽，伶俐聪明众口夸。

乳臭仍香通翰墨，童心正稚露才华。

洋文学就方八岁，喜讯传来列十佳。

银燕高飞迎旭日，长空灼烁映朝霞。

〔注〕①吴燕八岁时便初通英、法、日三门外语。

环境保护 1989

人定胜天疑有误，天人谐合共千秋。

油污漫海碧波涴，浊雾弥空酸雨稠。

臭氧层稀紫外透，芳林带薄石泥流。

自然毁坏终惩报，唯此一颗惜地球。

登鹅岭观重庆夜景　1990

银河坠落万颗星，点缀川中不夜城。
鹅岭亭高凭远眺，雾纱笼罩未分明。

神女峰　1990

巫山未到梦神女，船过青峰日已昕。
但愿波凝人不去，从容相与话殷勤。

夔门感怀 1990

一破夔门势不收，千山无奈大江流。
犹思柔弱源头水，决意东行壮志酬。

亚运会 1990

为有嘉宾来兴会，京都花事倍嫣红。
燕山伸臂开怀抱，北海漾涡展笑容。
观众欢呼惊绝技，健儿扑跃显神功。
交锋胜负一时别，友谊长青百意同。

惜　田　1991

风化万年沉积久，方能造出可耕田。
一朝损毁难重得，切记烝民食乃天。

择　地　1991

营建城乡似美容，荒坡陋角待加工。
良田嘉景何须改，慎使新楼占谷冲。

与赵克明学友同游鹭岛〔永遇乐〕 1991

碧海扬波，赭岩击浪，樯橹无数。春日环游，高朋作伴，更觉饶佳趣。方辞佛寺，再趋湖里，浏览炮台东渡。晚风舒，停车漫步，沙平夕晖如镀。

经年阔别，今朝重访，厦鼓繁华尤著。倚重漳泉，沟通粤赣，良港凭吞吐。海沧开发，设施奠定，更引外商台贾。资金足，来日鹭岛，鹗翔凤翥。

维也纳　1991

多瑙维因汇此城①，廷园建筑记文明。

由来民俗崇风物，雕像至今奉圣名。

〔注〕①多瑙河与维因河（Wien）交汇维也纳。

维也纳音乐厅　1991

音乐之乡音乐厅，辉煌混响世闻名。

管弦协奏钢琴曲，八面声波悦耳鸣。

因斯布鲁克 1991

阿尔卑峰积雪明，因河穿越众桥横。

雕栏金瓦映晴月[1]，更有弦歌达友情。

〔注〕①指因斯布鲁克市中心著名的金屋顶建筑，其屋顶由镀金铜瓦筑成。

萨尔茨堡[1] 1991

音乐神童生此地，物华天宝使人迷。

风光绮丽萌灵感，旋律谱成百代奇。

〔注〕①萨尔茨堡是莫扎特故乡。

乡　思　二首　1991

一

此身独作天涯客，心寄东归万里云。

因欲遥知家国事，深宵夜夜听新闻。

二

旅邸清晨客梦回，孤灯映雪积阳台。

门边一阵铃声响，疑是家人电话来。

赴奥地利合作研究纪事 1992

友邦邀我越重洋，合作论文共考量。

樗栎中西无大用，骊珠迟早显华光。

噪声预测仿真确[1]，音质评估弗晰详[2]。

国际会坛惊四座，难题解决赖虚墙[3]。

〔注〕①指余与奥地利E.Kittinger教授合作研究内容之一是关于城市噪声的计算机仿真；

〔注〕②指我们合作研究内容之一是用模糊集理论（Fuzzy，又称为弗晰）评价厅堂音质；

〔注〕③指我们率先提出虚墙原理解决了混响场车流噪声计算的国际难题，在国际噪
声控制学术会议上得到高度评价。

苏黎世　1992

穿城乍见苏黎湖，鸥鸟回翔逐舳舻。

建筑园林相谐趣，波光倒影美何如。

瓦杜兹　1992

世外桃源小国京①，我来仿佛入仙城。

抬头忽见云中堡，圣诞灯光似昴星。

〔注〕①瓦杜兹是列支敦士登首都

威尼斯　1992

浪托仙宫日夜浮，拱桥座座照渠沟。

小舟摇入深深巷，比萨香飘满客楼①。

〔注〕①比萨为一种意大利馅饼。

米拉玛尔城堡　1992

巍峨玉堡立崖尖，千里波光照户帘。

公主情痴王子恨，香巢仍在失鹣鹣①。

〔注〕①米拉玛尔城堡位于意大利特里雅斯特市郊海滨，原主人为哈布斯堡皇帝弗朗兹·约瑟夫的弟弟马科斯米连亲王。他娶比利时国王列奥波德一世之女卡尔洛特公主为妻。亲王不久死于墨西哥国王任内。其妻因此而精神失常。此城堡为他们前往墨西哥任国王前的寓所。

罗马特列维喷泉　1992

跳珠溅玉泻琉璃，人欲飞升马奋蹄。
料是神奇天国水，清泉一饮沁心脾。

罗马古斗兽场　1992

砖石灰凝百拱盆，沧桑历尽累伤痕。
残垣断壁斜阳里，斗兽哀音似可闻。

佛罗伦萨美术馆　1992

馆藏诸画尽珍奇，有幸观瞻令神怡。
文艺复兴兹肇始，万邦齐仰赞先师。

雪　花　1992

为引清风开户牖，寒流一夜白天涯。
雪花应是多情物，百转千回入我家。

鸟　趣〔蝶恋花〕　1992

时序更移风渐热，

万木千枝，

又发青青叶。

远望峰巅犹积雪，

原间花映斑斓蝶。

小小珍禽知季节，

叶底枝头，

上下欣腾越。

鸟语声声歌未歇，

谁能解此林间惬。

悼葛缘恰　1992

长空落雁睹谁堪？弃世中年应不甘。

万里何辞奔弱士，千丝未尽殒春蚕。

方期合璧通台北①，正欲联珠赴粤南②。

半道抛家伤故友，且凭尺素慰孤骖。

〔注〕①葛缘恰生前曾致力于两岸建筑师的联谊活动。

〔注〕②葛缘恰不幸病逝于清华大学驻珠海设计分院院长任内。

巴塞罗那奥运会〔东风第一枝〕 1992

虎跨横栏，

猿撑竖木，

骅骝赛跑环道。

泳池浪逐腾鲨，

跳台水招落鹥。

羚犗击剑，

摔跤是，

熊罴相摽。

似沙驼竞走胸昂，

林狷体操身矫。

　

观电视，

健儿竞傲；

听广播，

国人尽笑。

五星赤帜高扬，

多枚奖牌光耀。

中华选手多豪杰，

快强高巧，

巴塞罗那振雄风，

赢得颂声佳报。

深　圳〔满庭芳〕 1992

大厦凌空，

环厅瞰海，

深圳一片繁荣。

景观微缩，

百亩塑千城。

更展南村民俗，

兼有那，

北寨风情。

华灯上，

人流更涌，

歌舞几时停？

想渔村昔日，

僻居地角，

冷对南溟。

趁东风吹拂，

改革风行。

筹募资金雄厚，

招聘至，

强将精兵。

三年里，

横空出世，

令举世皆惊。

珠　海　1992

璀璨一颗珠，嵌镶南海隅。

长虹跨岬角，天堑畅通途。

重赏招贤士，精心绘美图。

澳门欣在望，骋目觉胸舒。

寄怀恩师马大猷教授　1993

耕耘科苑果盈柯，誉满中西鬓未皤。

简正声波求底蕴[1]，消音微孔论缘何[2]。

三番扶掖施恩重，几度来鸿受益多。

一代宗师才德备，煌煌泰斗耀星河。

〔注〕①马大猷教授是室内声波简正振动理论的奠基者之一。

〔注〕②马大猷教授开创微孔消声新理论和方法。

寄怀恩师吴良镛教授　1993

学部委员博士师，德高望重令名驰。

长开慧眼知珣玉，总具丹心育蕙芝。

规划城居膺大奖^①，综言建筑树新辞^②。

谆谆教诲时铭记，千里加鞭策走骓。

〔注〕①吴良镛教授因北京菊儿胡同改建工程及新四合院规划设计荣获1992年亚洲建
筑金奖及"世界人居奖"。

〔注〕②指吴良镛教授新著《广义建筑学》。

贺欧阳钟灿博士〔临江仙〕 1993

挚友欧阳钟灿博士荣获1993年度亚洲华裔杰出物理学成就奖，赋此贺之。

同学同乡交十载，
清华一遇情钟。
柏林异地又相逢，
杯中温酒热，
话别月当空。

阅报闻兄膺大奖，
投书祝贺由衷。
鸿才大志果成功，
晶光推射迹[1]，
层膜究形踪[2]。

〔注〕①指欧阳钟灿博士论文研究液晶的光学效应。

〔注〕②指欧阳钟灿研究双层生物膜，推进了生物膜物理性质的定量化研究。

入选世界名人录感怀　1993

余因率先提出与虚声源原理相对偶的虚边界原理，先后入选美国马奎斯出版社第11、
12版"世界名人录"和第2版"世界科学与工程名人录"，感赋一律。

闻登世界名人录，为国争光夙愿圆。

载誉科坛凭创造，竞争学术贵居先。

前承后继攀峰顶，博览广征破险关。

冥想苦思参妙语，疑团顿释见瑰璇。

感　赋　1993

国中几度风潮起，此刻纷纷想赚钱。

百亩唯能升斗食，千间只合榻床眠。

劳神太甚人衰早，享蜜贪多味失鲜。

文革抛金垃圾者，可曾后悔断心弦？

感　时　二首　1993

一

地如富庶方言贵，人若有钱曲亦甜。

愿劝追星年少族，得闲亦学五根弦。

二

翻新推出黄金食，本草何曾荐此珍？

一席朱楼豪宴款，贫民足可用三春。

与博士生何勇葛坚等共勉　1993

不惑之年担重任，耕耘学苑育英才。

他山借石来攻玉，吾辈为梯助上台。

宁守清贫谋大事，休思取巧发横财。

求真踏实多贡献，钓誉沽名究可哀。

贺我国中学生参加奥林匹克数理化竞赛凯旋　1993

奏凯归来战绩佳，竞争智力夺金牌。

泱泱大国多才俊，正态峰旁锦满崖[①]。

〔注〕①人才分布也符合正态分布，我国人口众多，自然天才也多。

千岛湖　1994

游艇穿梭白浪梳，晨风习习晚风舒。

千峰沉降沦为岛，万水归流聚作湖。

雾带云纱环碧玉，丝绒锦缎护明珠。

几多曲折不平处，一注清波尽化无。

洛杉矶水晶教堂　1995

玻璃建筑体通明，尖顶高昂接碧城。

月色披辉增圣洁，天光落照益晶莹。

蓝田玉砌珠镶就，雪国冰雕水结成。

疑入龙宫为海客，不由两腋清风生。

迪士尼乐园　1995

慕名来访迪斯城，五色缤纷曲乐萦。

童界乐园多创意，人间仙境苦经营。

望龙中外同心理，怜子古今共世情。

到此何妨添稚趣，争看狮鼠大游行。

登泰山　1995

九月多佳日，攀登泰岳峰。

当流飞瀑石，半岭揽云松。

竹杖千阶上，天门一望中。

霞衢宫室美，百代役夫功。

谒黄帝陵　步张三丰韵　1995

暮春时节谒桥陵，沮水萦洄玉带轻。
规划宏图今胜昔，整修环境赤还青。
九天始祖回龙辇，四海儿孙仰帝城。
两岸同胞齐戮力，中华鼎盛焕文明。

新加坡　1995

同文同种故乡人，异城闽音分外亲。
岛举雏龙惊广宇，花明四季羡长春。
严规峻法开风气，朗日青天绝芥尘。
最爱圣陶沙月夜，纤泉起舞美无伦。

冰上芭蕾〔浪淘沙〕 1996

冰上舞蹁跹，往复回旋，时徐时疾合丝弦。

动态造型姿势美，花样新编。

比翼展晴天，鳍举波间，蹄腾平野更悠闲。

技艺专精殊不易，多少辛艰。

无　题　1996

来去匆匆意未平，东边曙色透窗明。

无言岂识心中曲，一诉方知梦里情。

坝筑春江增水势，堤拦秋汛激潮声。

红楼相隔犹相望，往事回思百感生。

诗赋颂回归　1996

众心迎九七，诗赋颂回归。

香港开先例，澳门循此规。

遗时珠有泪，返日玉生辉。

南海波千倾，欢欣为鼓吹。

信息高速公路〔满庭芳〕　1996

路贯重洋，网张四海，管内光子奔流。几多频道，信息任遨游。缩地如今有术，天涯距，刹那通邮。环球小，光纤袅袅，接亚美非欧。

有多媒技术，三维幻境，栩栩迎眸。配保真音响，悦耳温柔。影视何须出户，屏幕里，悉览全收。千年梦，欣然实现，科学展鸿猷。

香港吟〔满江红〕 1996

岛对珠江，

环洄处，

港湾湛碧。

阅不尽，

繁荣景象，

粤南春色。

华艇运输南北货，

银机接送东西客。

夜幕下，

海月照金城，

光相射。

想当日，

英军迫，

清廷弱，

明珠失。

激抗争纷起，

惜无良策。

两制谋成收复计，

百年赢得相思璧。

待来年，

台澳亦回归，

神州一。

观 “香港百年” 电视纪录片有感〔念奴娇〕 1996

强权霸道，

国衰遭欺辱，

历来如此。

追昔抚今多感慨，

记取当年奇耻。

清帝无能，

英夷耀武，

利炮摧城垒。

港龙租割，

只缘签约三纸。

多少志士仁人，

满怀爱国心，

揭竿而起。

陆岛同胞相携手，

毕竟血浓于水。

戮力经营，

历经坎坷，

共谱沧桑史。

百年争得，

明珠重属桑梓。

五十抒怀　1997

斋居谁慰寂寥心，几架书刊一架琴。

晓镜初知忧白发，暮钟更觉惜光阴。

高山独秀自青色，流水幽鸣亦好音。

休问耕耘何所获，且抛心血沃嘉林。

向阳中学艺术周口占　1997

艺圃育新芽，春来更著花。

后生诚可畏，雏凤唱尤佳。

张家界　1997

千峰来聚会，各自展英姿。

御笔嶙峋美，金鞭挺拔奇^①。

晴天立体画，雨日朦胧诗。

对此吟哦罢，云空信手题。

〔注〕①御笔峰、金鞭峰皆张家界景区著名景点。

游普陀 1997

了却多年愿，今朝访普陀。
青林衣石岛，广寺遍山坡。
佛顶观沧海，虬枝赞古柯。
心香烧一炷，天际瑞云罗。

咏 茶 1997

世上千般好，清茶最可珍。
神农寻瑞木，本草荐香榛。
一盏添诗兴，三杯忘俗尘。
延年凭此物，风雅自轻身。

咏　蝉　1997

杨柳枝头唱好诗，晴空展翅任神驰。
甘泉玉露酿佳句，应有才情与巧思。

菊　展〔西江月〕　1997

西圃千团锦绣，
东篱百簇霞虹。
重阳花事正兴隆，
不觉霜浓露重。

道是一花独放，
分明万紫千红。
秋风未必逊春风，
催得生机萌动。

赞东阳西门村　1997

昔日荒郊地，今朝示范村。

民殷而德倡，友睦则风淳。

郁毓生春蕾，熙和照夕暾。

余来多受教，赋此赞西门。

东阳白云文化城　1997

唯有渊流远，始闻潮汐音。

欲寻书院处，人指白云深。

贺建筑学专业指导委员会会议在湖南大学召开　1997

岳麓名书院，弦歌诵古今。

垣墙留阁影，夹道覆槐荫。

地主殷勤至，贤宾研讨深。

鸿言谈建筑，跨世陟高嶔。

游曲阜有感　1998

宣尼厚泽至今遗，店铺皆标孔府旗。

儒学薰风飘海外，玉雕矗立洛杉矶①。

〔注〕①美国加州洛杉矶分校校园立有一巨大的孔子全身白色雕像。

新春喜雪　1998

全球气候渐趋暖，罕见江南大雪天。

虎岁开春来献瑞，玉翎万片舞湖山。

在昆明与建筑学同行欢度中秋节感赋　1998

同行欢聚酒千盅，明月清辉醉脸红。

且为嫦娥谋别业，新居胜过广寒宫。

昆明世界园艺博览会　1998

盛哉园博会，万朵覆千枝。
天女散花毕，娲皇炼石遗。
三山移一处，四季赋同时。
佳境人间驻，环球此共期。

访丽江古城　1998

看倦玻璃塔，滇西访古城。
参差千户列，潋沥众渠横。
世俗循先制，乡音发宋声。
时光疑驻足，历史溯回程。

游大理蝴蝶泉登望海亭　1998

穿由竹径入，塔影豁迎眸。

渌水滋荣木，苍山衬阁楼。

浮云增岭势，白日烁波流。

无怪金花美，半凭天道酬。

大三巴牌坊　1999

当年一炬教堂摧，尚剩牌坊耸翠微。

历尽沧桑终不悔，今朝有幸证回归。

妈祖阁　1999

五百年来香火稠，慈心一片护渔舟。

深情能令风波息，喜接归航夙愿酬。

世纪寄语　2000

通宵达旦迎初纪，处处狂欢处处歌。

宏愿齐求千岁福，爱心共祷百年和。

未来展望谋猷足，历史回思智慧多。

人类创新恒不息，长河永泛文明波。

千禧感怀　2000

世纪更新人共庆，千年嬗替我逢时。
腾龙舞伴烟花放，望眼恭迎曙色垂。
圣火初燃传永志，钟声正响报佳期。
今朝更觉环球小，瞬息音图慰远思。

感　赋　2000

数理诗书聊自娱，每思有得觉欢愉。
真知总蕴寻常物，璞玉未开与石俱。

壶 口 2001

千里波涛此口收，雷声动地水云浮。
由高向下悬崖落，恐后争先瀑布流。
巨石冲刷成峡谷，微砂弥漫隐龙头。
何当提取一壶去，痛饮黄河醉不休。

访延安 2001

窑洞安详坐北崸，青青枣木护园居。
今朝终遂平生愿，往昔永留历史书。
唯有艰难成卓绝，从来智慧胜顽愚。
洪流一自源头出，壮阔波澜遍四隅。

夏日游新疆　2001

新疆风景好，百里任遨游。
赤石云如火，天池气似秋。
山呈霞彩色，水作雪花流。
井穴通渠道，荒滩变绿洲。

天山天池　2001

王母传居此，风光自不同。
石门开一缝，车道绕三重。
雪岭层峦外，名池绿嶂中。
红尘虽未远，仿佛到瑶宫。

夏威夷珍珠港纪念馆　2001

白馆凌波战舰陈，斑斑锈迹诉沉沦。

太平洋水深千尺，抚慰几多不死魂。

题红叶图　2001

2001年11月，日本大分大学Tomiku君陪同我与葛坚博士、
赵越喆博士参观著名的佐贺市郊风景名胜地九年庵。
赵博士用数码相机摄得绚烂的红叶图，特作此诗以题之。

佐贺庵前观秀色，银屏方寸割红霞。

秋枫想必多情种，为尔燃成一树花。

东海大学校园漫步　2002

2002年3月，余应东海大学王亢沛校长之邀请，赴东海大学讲学。
漫步校园时，听到贝聿铭先生设计的路思义教堂的钟声，感而赋此。

数列青榕遮玉彻，几围院落笼书香。
相思林静红尘远，心逐钟声意绪长。

日月潭涵碧楼〔长相思〕　2002

清一潭，
绿一潭，
岛色山光入户帘，
迎眸碧尽涵。

日光含，
月光含，
万顷波明接远岚，
未斟情已酣。

越南下龙湾　三首　2002

一

龙湾景色世间稀，绮错千峰态尽奇。
更有清波相映美，山姿摇曳入涟漪。

二

奋力探头看世界，海湾突兀立千峰。
休言岛势无高险，峭壁安详隐浪中。

三

仙人布下一盘棋，远近高低各不齐。
游客谁曾参妙语，沧波绿岛有玄机。

咏 荷 2002

重到西湖八月中，风荷正举特娇红。
芭蕾仙子新姿美，练就婷婷水上功。

贺华工校报发行800期 2003

五十年来硕果存，香飘四季气氤氲。
理工学子承滋养，文质彬彬自逸伦。

井冈山龙潭瀑布　2003

五串珍珠联翡翠，三厢峭壁孕飞泉。
流臻东海应犹记，曾聚龙潭照杜鹃。

武夷山九曲溪　2004

岩峣秀拔武夷岩，灵动清涟九曲溪。
此水此山情未老，一湾一碥济刚柔。

咏 冰 2004

性原爱自由，就地赋形流。

遇冷呈刚硬，逢温返顺柔。

通身晶亮透，四面角棱稠。

每至阳春日，消融润沃洲。

哈佛大学珍宝展 二首 2004

一

矿脉无言蕴玉英，兼呈异彩与奇形。

晶莹剔透华光射，亿载方成品自精。

二

捧出深山耀满庭，未加雕琢自成形。

顿教俗品无颜色，巧匠难循造化经。

音乐剧Mamma Mia　2004

摇滚分明众舞遒，歌声唱彻色光稠。
若非亲耳聆仙乐，难信人间有此喉。

养　生　2005

龟龄多启示，静养可长生。
钟摆行持久，水春动守恒。
晨昏循作息，损益保机能。
得失寻常看，从容气自清。

偶　感　2005

长在浮华世，宜存淡泊思。

文章传后代，评价薄当时。

毁誉由人说，甘辛贵自知。

姮娥多不识，交口捧东施。

京都龙安寺枯山水　二首　2005

一

白沙凝细浪，枯水泛微澜。

数石随缘立，庭幽气自闲。

二

蝉鸣园愈谧，松影蔽清幽。

耳静思程邈，心宁岁月悠。

悟 学 2005

童心生兴趣，熟练助神通。

唱念经年巧，临摹历载工。

源丰波象阔，本固木华荣。

久酿醇香冽，山参味效浓。

偶 得 2005

常人只合成功喜，我谓亏输亦可娱。

太史膺刑完巨著，塞翁失马获双驹。

石经受压方为玉，蚌欲疗伤始得珠。

世事因缘虽靡定，酬勤天道信无殊。

温 泉 2005

轻盈石上游，款款向深幽。
花木遮羞怯，身心畅自由。
投怀钟厚爱，抚体享温柔。
眷眷情同热，依依感别愁。

台 风 2005

海上徘徊久，风云集一团。
盘旋增势力，觊觎掠城垣。
挟浪攻崖岸，扬飚撼舰船。
横空排雨阵，呼啸扫江原。

当选中国科学院院士感怀 2006

荣登金榜岁寒时，南国紫荆缀满枝。
半世追求谋致用，平生研究贵坚持。
清音着意厅台响，彩墨随心笔底摘。
自信才思犹未尽，再铺华卷写新诗。

元　宵〔浪淘沙〕 2006

悬挂百灯红，
月色溶溶，
激光焰火闪霓虹。
旧俗民风传代代，
换了时空。

喜气若春风，
漫入心中，
射谜赏艺舞狮龙。
宠辱甘辛全忘却，
权作儿童。

琵琶　2006

寂寞琵琶意态和，桐腔久未发清歌。

弦音虽妙弹宜慎，恐激春心万顷波。

与漳州诗词学会同仁聚会感言　2006

聚品香茗韵致长，相询故友论词章。

芗城诗苑多才彦，文脉赓承焕炳煌。

题《听荷轩诗草》 2006

听荷诗意萌，婉转发心声。
捧读斯文稿，暗香环袖生。

网　络　2006

重逢何待梦魂中，四海比邻转瞬通。
影像图文传栩栩，相思时刻见音容。

湛 江 二首 2006

一 海 湾

天然深港凭吞吐，形胜香江约略同。

两岸相通何所恃，一桥飞架势如虹。

二 大路前村

树木扶疏护远村，近闻花气益氤氲。

通衢四达连家室，一派祥和风俗淳。

湖光岩　2006

一派银湖环碧树，火山喷口造风光。
岩灰落定新泉出，深浅酒杯盛醴浆。

寄　语　2006

胜利长征七十年，而今励志续新篇。
攻关夺隘何甘后，履险攀峰岂畏前。
欲扫贫穷凭创造，羞居弱败奋争先。
和谐社会殷殷望，古国文明焕九寰。

奇 石 2007

拟人状物皆生动，百态千姿贵自然。
猛将观来如亮相，苍鹰视定欲飞天。
花因有意终衰色，石本无心永驻颜。
还赖藏家张慧眼，众人方识九龙岩。

春 颂 2007

一过元宵春渐浓，融融暖气扫残冬。
高低池树参差绿，远近山花深浅红。
细雨蒙蒙张雾网，莺声呖呖度林丛。
心中感应欣欣意，亦放桃英万朵荣。

会 友 2007

倒溯时光四十年，重逢雅集乐陶然。
青春面貌依稀辨，花甲丝须隐约斑。
故友近情时探问，红楼往事辄交谈。
非常岁月非常度，且喜今朝境已迁。

老 树 2007

虬根盘大地，华盖自擎天。
白日弥生气，清泉足养年。
恬然何惧撼，睿智不须言。
静穆观尘世，从容历海田。

吴燕赴日　2007

小女赴东瀛，为试扶桑语。

愿此新生代，共唱和谐曲。

杂　感　2007

每从终局论英雄，功过还依时与空。

欲索玄珠凭象罔，思逢碧玉赖缘通。

阴差阳错交亏望，叶落花开转萎荣。

明月清风洵至贵，机心莫恃损和同。

都江堰　2007

青瓦楼台筑水湄，秋江湛碧过离堆。
宝瓶一凿平原沃，鱼嘴中分川网垂。
玉垒当腰增浪速，洪波漫堰削龙威。
依形造势崇疏导，大禹神功直可追。

望海楼　2007

雄楼望海畅襟怀，清润天风拂面来。
银线金丝穿翡翠，浩茫锦浪托琼台。

访淮安　2007

自古淮安文采盛，而今焕烂若云霞。
诗词经典张新翼，飞入寻常百姓家。

乌山观梅　2008

家乡景物多灵秀，活泼溪流泻石冈。
待到漫坡梅蕊放，乌山更着俏衣裳。

雪 灾 2008

气候倏然变，百年未遇寒。
关山愁阻隔，归路恤艰难。
雪固车龙驻，冰凝电网瘫。
朔风吹万里，冻彻大江南。

汶川地震 2008

一震摇山岳，城乡顿毁形。
楼房余断壁，铁石压生灵。
性命存幽晦，星辰闪耀明。
八方齐救助，四海溢亲情。

爱丁堡　2008

爱丁名堡不虚传，建筑和谐就海山。
街巷纵横存古韵，城楼错落展奇观。
笛声似梦催幽思，雕像如生彰昔贤。
祖辈风情遗代代，石头史简记年年。

卢浮宫　2008

一部文明精选史，名师巧匠写佳篇。
千年往事风烟散，展品无言忆逝川。

蒙娜丽莎　2008

微笑神奇示百年，芳颜得睹似曾谙。
大师绘就雍容貌，遂使永恒出瞬间。

维纳斯　2008

体态颀长衣角垂，神情自若沐斜晖。
人间至美常存憾，不为身残损德辉。

南昆山　2008

山道层层曲，修篁叠叠青。

幽泉渗壁出，植被覆岩生。

楼舍亲林色，庭园远市声。

凉飔消溽暑，静卧听虫鸣。

穗厦机上所见　2008

金丝银片漫勾联，浩瀚星河落野原。

此景唯能天上看，尘间眼界未斯宽。

北京奥运会　2008

百年流水复西东，国运于今转盛隆。
梦想成真歌舞畅，新容整毕馆场宏。
万方冠盖京师集，四海健儿华夏逢。
快强高巧呈绝技，地球村里论英雄。

赞博尔特　2008

百米沙场奋马蹄，扬鬃昂首挟风驰。
体坛代有奇才出，速度终端未可期。

赞菲尔普斯　2008

鲲鹏浪里搏，清波欣有托。

君看泳池中，一派琼珠破。

咏　花　2008

不愁凋萎不愁蔫，袅袅随风舞态妍。

嫩瓣柔枝娇若许，欲将姿色炫人间。

悼牧羊　2008

世事欣悲未可期，惊闻故友遽归西。
才人一去花容萎，幸有诗篇代代遗。

重　逢　2009

五十年来多少事，雪泥鸿爪各西东。
今朝轨迹重交汇，共返孩提时与空。

黄果树瀑布　2009

车临安顺地趋平，　丘壑绵延列画屏。
几匹素绸遮壁白，千丝银线映晴明。
源泉永续长流水，瀑布恒存未老情。
七色虹桥深涧出，瀺河相对已心倾。

喀纳斯湖　2009

探寻仙境欲何之，喀纳斯湖美若诗。
茂草山花衣野甸，松坡雪岭夹明池。
三湾曲岸添姿色，百里深潭引魅思。
白日云间窥胜景，斑斓光影令神驰。

琥　珀　2009

亿载松脂成软玉，昆虫植物辨依稀。
偶然一刻凝千古，重现世间射彩霓。

盐矿教堂　2009

盐矿深深现教堂，宫灯刻就益辉煌。
全凭三位英雄力，伟殿凿成圣乐扬。

瘦西湖　2009

白塔亭桥共一湖，环堤杨柳绿扶疏。

鸳鸯未待船波复，兀自池边信水凫。

登金山寺塔　2009

几多故事系金山，此日登临踵昔贤。

历史留踪犹可溯，未来无迹费瞻前。

中秋月　2009

长空皎洁佩银徽，桂影轻移柳影垂。
映得西边沉日照，江山万里沐清辉。

小鸟天堂〔清平乐〕　2009

连绵巨树，
江岛凭遮护。
密叶繁枝交织处，
栖息飞禽无数。

古榕独木成林，
方圆十亩浓荫。
鹭鸟翔飞鸣唱，
如斯声景难寻。

游三平寺　2009

周遭山脉连绵碧，簇拥三平古寺雄。
夹道毗邻香火铺，沿途接续轿车龙。
云烟袅袅弥楼阁，炮仗声声震谷冲。
县镇二成财税入，至今仰赖祖师公。

广州亚运会　2010

岁值庚寅喜事多，欣逢亚运兴如何！
珠江水映千旗色，越秀山廻万国歌。
快巧高强超极限，真诚礼让倡谐和。
羊城赛会空前盛，魅力堪为百世模。

世博会中国馆　2010

冠盖东方红映天，高台巍阁势昂然。
纵横斗栱成佳构，丰裕粮仓兆瑞年。
万国观瞻襄盛举，千楼荟萃列华轩。
登临眺望襟怀阔，世博园区展画缣。

咏唐寅　二首　2010

一

诗书画作皆精品，五百年传伯虎名。
始信虚衔无所值，文章留待后人评。

二

千秋百世说唐寅，才子江南第一人。
不为浮名添白发，且挥毫墨且清吟。

清华百年华诞　2010

母校百年庆，殷殷侪辈情。

躬逢其盛典，共祝彼昌明。

熠熠人文蔚，煌煌学术兴。

故园回首望，郁郁冀长青。

镜泊湖　2010

浩淼平湖漾玉波，远山隐隐暮云遮。

九天王母遗明镜，嵌入群峰照月娥。

什科茨扬溶洞　2010

泅涌江河地下流，雷声不绝动千秋。
苍茫云水迷崖壁，困住蛟龙日夜游。

伦　敦　二首　2011

一

百年建筑百年存，文物传承铸国魂。
宫殿会堂相映美，王都贵气信无伦。

二

钟声彻响报时辰，横跨众桥令景深。
泰晤风光收不尽，伦敦巨眼阅千轮。

曼彻斯特园艺展　2011

兼植鲜花与果瓜，城居欲效野村家。
自然生态人皆羡，咫尺园林创意佳。

彭一刚院士八十华诞志贺　2011

大师年耄耋，鹤发衬童颜。
妙手描新景，精心构美轩。
园林谋布局，建筑论空间。
乐作菁莪育，满庭桃李妍。

重读先严遗墨口占　2011

半是书家半作家，闲来笔下妙生花。

诗词藻雅洵名士，赏读斯文若品茶。

韶关丹霞山　2011

丹霞地貌叹雄奇，独特风光列世遗。

跌宕连绵凝赤壁，横空曲线绘东西。

渥太华　2011

渥城印象遍金红，瑟瑟轻摇醉晚枫。

秀色斑斓谁绘就，挥毫尽染赖秋风。

拷贝记忆〔沁园春〕　2011

荏苒光阴，变幻空间，往事万千。忆孩提岁月，嬉游无虑。青春时代，
求学心专。师长音容，同窗笑貌，不逐流光褪旧颜。诚难忘，众家人亲友，
爱意绵绵。

人生中老之年，正事业经营惹梦牵。记天南海北，萍踪鸿爪。寒秋暖夏，
风雨晴天。历史因缘，人伦交往，宛在心头脑际间。何当有，类存盘技术，
拷贝成编。

腾冲热海 2012

大地情怀热，温泉永日腾。

烟云弥翠谷，彩墨画图呈。

乐东尖峰岭天池 2012

世外桃源何处寻，尖峰岭上白云深。

车回路转迎眸亮，一派湖光映远岑。

贺华南理工大学校庆六十周年 2012

华工六十庆，校宇焕然新。

翡翠镶南粤，栋梁育茂林。

传承循古训，创造越先人。

弟子欣来贺，弦歌诵入云。

伊 春 2012

伊春好地方，植被莽苍苍。

负离弥林海，清流汇镜塘。

红松披赤甲，白桦闪银光。

到此消残暑，神怡岁月长。

重返日月潭 2013

山自青来水自柔，潭波万顷闪银绸。

池通日月何辽阔，重聚情浓慰别愁。

小浪底水库〔满江红〕 2013

九曲黄河，
奔流至，
小浪底域。
凝眸处，
土堤石坝，
拦腰矗立。
万顷波光映峡谷，
千吨沙土悄沉积。
借春风，
水面推涟漪，
平湖碧。

思往昔，
愁如织，
黄河患，
未曾息。
喜今谋良策，
探明规律。
激浪挟沙臻渤海，
平流依道滋田稷。
望大河上下麦菽青，
高粱茁。

龙门石窟〔鹊桥仙〕 2013

伊河北去，
两山对峙，
构就龙门形势。
依坡造佛万千尊，
藉想象，
六朝胜事。

庄严肃穆，
安祥呈瑞，
平视辱荣悲喜。
千年往事若云烟，
重只在，
青山绿水。

儿童严屏雨〔踏莎行〕 2013

小小孩童，

星眸凝慧，

大千世界初相对。

好奇心重意欣然，

渐知声色触香味。

恩爱如熙，

柔情似水，

灵犀直觉知回馈。

融融笑脸总相迎，

如同绽放春花蕾。

夜景照明〔鹊桥仙〕 2013

光分五色，

色呈七彩，

建筑浓装竞赛。

都城入夜亦难眠，

照旧是，

金河银海。

柔光似水，

住区如梦，

沐浴星云暧黩。

照明若是水平高，

又岂在，

争强斗怪。

龙　脉〔蝶恋花〕 2013

采矿凿岩兼取土，
忍睹青山，
多有伤残处。
乱砍森林无远虑，
石泥流失沙尘舞。

少毁岗峦多种树，
绿色盈眸，
龙脉连清溆。
空气清新营肺腑，
生存永续资源裕。

附录1
叶圣陶致吴硕贤信

硕贤同志惠鉴：

　　前承见访，谈叙甚快。示我诗词稿，今日稍得闲，展而观之。足下十岁即作诗，早于我二三年，至今二十余年，攻读专业之暇，仍不废吟咏，至深钦慕。

　　诸作大体均佳，读之有余味。偶有未必可靠之鄙见，则以极简略之数字书于稿旁，意在希足下更作推敲，以臻完美。恕我思力目力俱不济，复料虽书数字，足下必能意会，故如此勉答雅意。尚希明察。

　　我作书常有脱漏与错误，重行检点，方能觉察，即此可见我之衰惫。

　　足下所游各地，大部分我皆到过，故阅读大稿弥感亲切。

　　匆匆奉覆，即颂

近佳。

叶圣陶（1980年）3月11日

附录2
培养学生对古典诗词的鉴赏能力
吴硕贤

中国是个具有悠久历史的文明古国，是个极富诗意的国度。在中国历史上，由诗经、楚辞、汉赋、乐府至唐诗、宋词、元曲……，延绵数千年的诗词歌赋传统，风靡百代，赓续不绝。历代先贤、文人墨客、志士仁人，无不痴之迷之，乐此不疲。此足以证明古典诗词歌赋具有巨大、无穷之魅力，是一个值得永续继承的艺术宝库。熟悉古典诗词，将有助于培养当代学生高尚的精神气质，提高其道德修养，并能从中获得智慧的启迪和美的享受。许多外国人，为了能更好地欣赏、品味原汁原味的中国古典诗词的艺术魅力，不惜花费极大精力，克服种种困难来学习汉语古文。相形之下，当代不少学生，对古典诗词却知之甚少，漠然视之，不感兴趣。这是令人遗憾的现象。因此，为了吸引更多的学生来学习和继承古典诗词这一伟大的文化传统，培养其对古典诗词的兴趣，当务之急是提高其对古典诗词的鉴赏能力。

下面我仅就以唐诗宋词为代表的古典诗词的艺术魅力之所在，谈一点个人粗浅的认识和体会，以就教于各位专家学者。

我以为古典诗词具有以下几点鲜明的艺术特色。这也是构成其光辉的艺术魅力的缘由所在。

1. 简短精练，言简意赅

古典绝句、律诗，每句不过五言、七字，长短不过四行、八句；宋词小令，字句也不多，均简短精练，却能藉此描述动人的场景，抒发深切的情感，表达独到的见解，给人留下丰富的想象、理解、揣摩和鉴赏的空间，不像现在许多长篇冗文，对事物的描写往往过于详尽、繁琐，甚至重复、啰唆，信息冗余量过大，反倒不利于读者充分发挥自己的想象力，从而减少了作品的魅力。诗词作品正因为简短精练，迫使诗词作者在创作的时候必须反复推敲、琢磨，所谓"吟安一个字，拈断数根须"。因此，不少诗词名作，其遣词用字，极为妥切、精致，令人拍案叫绝。例如"春风又绿江南岸"、"僧敲月下门"等。诗词作品唯其简短精练，读之朗朗上口，也便于背诵、记忆和流传。

2. 对仗押韵，对称均衡

诗词作品中有许多对仗句式，构成对称美和均衡感。以律诗中的颈联、颔联为例，这些对仗句式，要求对应字词性相同，构成对称美。众所周知，凡是对称、均衡的事物，均具有天然之美感。人体本身就具有对称之美。如若一个人五官不对称，一只眼睛大，一只眼睛小，或一个耳朵长，一个耳朵短，都不能给人以美感。对称事物的出现，是受力平衡的结果，是机会均等之产物，体现了公平、稳定和安全。例如，天平就是对称的，其左右侧是均等的。光学和声学中的虚像原理，反映的也是虚像与实源关于反射面对称的事实。对称、均衡的事物是符合自然原理的。理之所在，则美生焉。诗词之对仗，并非绝对对称，而毋宁说是均衡，是具有对比的相称，是动态的平衡。因为除了词性相同外，还要求平仄的对比，从而形成抑扬顿挫的音调美和铿锵变化的韵律感，如同波的运动有波峰、波谷的交替与对比一般，平仄的交替变化，符合一张一弛的文武之道，故能给人以美的享受。而诗词中的押韵，更由于谐音而引起听觉的怡悦。谐音是古今中外诗歌的共同特点，是全人类之同好。童谣就讲究谐音、押韵。可见喜欢谐音、押韵是人类之天性。谐音还是文字的起因之一，尤其是拼音文字的起因。美国著名人类学者罗伯特·路威就认为，谐音"是高等文明之始基。……真正的文字起始于图画与谐音。"

3. 比兴手法，形象思维

诗词不像散文那样直白，而是常用比兴手法，讲求形象思维。朱熹云："比者，以彼物比此物也"，"兴者，先言他物以引起所咏之辞也。"比是明比，兴是暗喻，比兴都是谋求建立两种不同事物之间的内在本质的联系。而善于建立两个事物之间的联系，是科学家与文艺家的共同特点，是创新思维的本质特征之一。所谓天才，就是善于联想，善于由此及彼，发现不同事物之间的联系。李商隐的诗句："春蚕到死丝方尽，蜡炬成灰泪始干"，就是很好地采用比兴手法来创作的佳句。诗人发挥天才的想象力，通过谐音，建立起"丝"与"思"之间的联系，又用蜡炬油形象地比喻相思泪。兴，还指由客观场景引发主观感触。人的思维和情感的产生，往往有赖于适当的中介物的刺激与触发。俗话说："睹物思人"，"触景伤情"，讲的就是这个道理。诗人就要善于发现和阐述这种主客观事物之间的交流、关联和感应。如刘禹锡的《乌衣巷》诗："朱雀桥边野草花，乌衣巷口夕阳斜。旧时王谢堂前燕，飞入寻常百姓家。"就是采用兴的手法，由眼前的景物，触发起自己怀古的情绪，用王谢堂前燕，飞入百姓家来暗喻身世的沉浮与社会的变迁。

4. 语言平实，情感真挚

古典诗词的作者，大都对所描述的事物有细致的观察和深刻的洞悉，对所抒发的情感，有真切的体会和深沉的感受，不作皮相的描绘，不作无病之呻吟。《菜根谭》云："文章做到极处，无有他奇，只是恰好。"要做到这一点，殊为不易。对场景的描写，要观察细致、深入，有过人的直觉力，方能抓住特征，形成意境。如"大漠孤烟直，长河落日圆"一诗，寥寥几笔，用大写意的手法，呈现边塞风光的图景，语言平实、朴素，意境却高远、宏阔。

优秀的古典诗词作品所以能感动人，使人产生情感的共鸣，首先是因为诗人自己先受感动，有真情实意，方能以真情感染别人。李白的《送孟浩然之广陵》诗云："故人西辞黄鹤楼，烟花三月下扬州。孤帆远影碧空尽，唯见长江天际流。"该诗所以感人，就是因为它道尽作者对友人的深情厚谊。诗人送别好友之广陵，凭栏远送，怅望依依。通篇未曾道出"情"字，却深情立现。

5. 谋求创新，新颖别致

杜甫诗云："为人性僻耽佳句，语不惊人死不休。"古代诗人写诗时大都追求创新，力求从新的角度和视野来观察、描写事物，力求有新的体验，有独特的感受，能给人以新的启示。诗人在创作"佳句"和"惊人之语"时，能体验到一种高峰的快感。根据马斯洛学派的观点，这种高峰体验是处在一种极度幸福感的巅峰状态，是一种自我实现的满足感。这种创新，也未必是故意追求的结果，往往与诗人真实、独特的个人感受是相一致的。真实、独特的感受，虽然不一定都是新颖的，但常常可能是新颖的。例如白居易的《宴散》诗中的名句："笙歌归院落，灯火下楼台"。这是白居易晚年功成名就后闲适生活的写照。他在描写这种富贵生活时，并没有像通常人那样，着意去描写金玉满堂的景象，而是摹写平常的生活场景。然而正是这种不经意的平实描写，反倒新颖地勾勒出富贵人家的气象。所以，欧阳修和鲁迅先生，都称赞这两句诗是"善言富贵者也。"再如李清照《如梦令》词中的"绿肥红瘦"，也是善于观察而酝酿出来的独特、新警的描述，给人以新颖、别致的感受。

6. 志存高远，启迪智慧

古人云"诗言志"。古代许多先贤圣哲、志士仁人，往往用诗词表达自己的心志。如文天祥的"人生自古谁无死，留取丹心照汗青"；于谦的"粉身碎骨全不怕，要留清白在人间"；林则徐的："苟利国家生死以，岂因祸福避趋之"等等。这些诗句充分表现了诗人的浩然正气和爱国情操，千百年来，令人咏诵不绝，起到了励志和教育的巨大作用。

另有许多诗词作品，道出了深刻的哲理，给人以智慧的启迪。这些诗词中的许多警句，有的已转化为成语、格言，广为流传，让后人从中悟出许多人生的道理、处世的哲学和治学修身的方法与理念。例如，著名物理学家、诺贝尔奖得主李政道先生，就曾引用杜甫的诗句"细推物理须行乐，何用浮名绊此身",来表达自己不求浮名,乐于研究物理的志向。又如苏东坡的"不识庐山真面目,只缘身在此山中",道出了应从外部寻找坐标系,方能观察到事物的全貌的深刻哲理,揭示了"当局者迷,旁观者清"的社会现象。再如朱熹的《观书有感》:"问渠那得清如许,为有源头活水来",既阐明了"流水不腐"的科学道理,又启示我们作为一个学者,要不断扩大和引入知识的源泉,方能使自己的知识结构和学问境界保持与时俱进的生机与活力。

正因为古典诗词具有巨大的艺术魅力,使得近现代许多提倡新文学、新诗的著名人物,也仍然保留着写旧体诗词的习惯,保留着对古典诗词的浓郁兴趣和挥之不去的深厚情感。如鲁迅、郭沫若、郁达夫等人,都是写旧体诗词的好手。他们在诉诸个人情感时,都不作新诗而作旧诗。不少一向热衷写新诗的人到后来也回归到写旧诗。如五四运动的健将罗家伦,曾在《新潮》杂志上写新诗,但后来写《心影游踪集》时,几乎全是旧诗。闻一多、朱自清也写旧诗。胡适的《尝试集》,也大部分是旧体诗词。毛泽东、朱德、陈毅、叶剑英等许多革命家,也都喜爱并创作了大量旧体诗词。

许多科学家对古典诗词也十分热爱,并擅长诗词创作。如华罗庚、苏步青、谷超豪、杨叔子等皆然。下面我结合自己的体会,谈一下古典诗词与本人专业的关系。我是从事建筑环境声学研究的科技工作者,也是诗词爱好者。这种对诗词的业余爱好,对于我从事本专业的研究也助益匪浅。建筑环境声学的一个方兴未艾的新研究领域，是关于声景学的研究。声景学英文为soundscape，是由加拿大学者Schafer于20世纪六、七十年代正式提出的。声景学简言之，就是研究听觉意义上的风景。在中国古代历史上，就十分重视声景观的营造。如西湖十景中，有"柳浪闻莺""南屏晚钟"等以声音景点著称的风景。苏州园林中，也有"留听阁""听松风处""听雨轩""梧竹幽居"等景点，分别以风声、雨响、竹韵、梧音为声景观主题。在中国古典诗词中，描写声景的名句佳构比比皆是，如"长安一片月，万户捣衣声"，"小楼一夜听春雨，深巷明朝卖杏花"，"姑苏城外寒山寺，夜半钟声到客船"，以及"留得残荷听雨声"等等。由于我对古典诗词和古典园林较为熟悉，使我能在国内率先指导博士生并申请到国家自然科学基金的支持，开展古典园林声景观的研究，有别于过去仅从视角的范畴研究园林的思路，开拓了从听觉研究园林景观的新领域。目前，这项研究成果已引起日本和我国台湾、香港学者的高度重视，认为是开创性的研究。这个例子，说明"他山之石，可以攻玉"，说明理工学者兼修人文诗词的重要性。我在一首《七律》中曾主张："理纬文经织锦成"，即以理工科知识为纬线，以人文学养为经线，方能织出科学研究和学术研究的锦绣成果。钱学森先生一直关心我国的人才培养问题，为我国未能培养众多科学巨匠和学术大师而担心。我认为文理兼修将是培养巨匠大师的必由之路，培养当代学生对古典诗词的鉴赏能力和兴趣，也必须提高到人才培养和文化传承的高度来予以高度重视。

附录3
提倡学一点古典诗词
吴硕贤

中国是一个诗的国度，自诗经、楚辞、乐府诗、汉魏六朝诗、唐诗、宋词、元曲，直至明、清及近代诗词，其发展历经数千年之久，可谓源远流长，博大精深，是我国拿得出手，可以炫示于世界的璀璨的历史文化传统之一。然而，由于种种原因，目前我国不少年轻人对于古典诗词颇感陌生，既未能欣赏，更谈不上写作，殊令人感到遗憾！因此，如何在广大青少年中大力弘扬包括古典诗词在内的中国优秀传统文化，至为重要。下面我就其必要性，谈几点看法。

一、思想情操的教育

为什么提倡大家都来学一点古典诗词，首先是因为优秀的古典诗词作品，能给予我们以高尚的思想、道德、情操的教育。例如关于爱国主义，在历代爱国诗人的作品中，就有充分和鲜明的体现。尤其是在国家、民族危难之际，历代爱国诗人在其作品中所表现出来的忧国忧民，同仇敌忾的情怀和勇气，很值得我们代代传承。这些诗词作品，也历来成为中华民族爱国主义教育的最好教材之一。无论是岳飞的"待从头，收拾旧河山"，还是陆游的"但悲不见九州同"；无论是辛弃疾的"袖里珍奇光五色，他年要补天西北"，还是文天祥的"人生自古谁无死，留取丹心照汗青"；也无论是林则徐的"苟利国家生死以，岂因祸福避趋之"，还是秋瑾的"金瓯已缺总须补，为国牺牲敢惜身？""休言女子非英物，夜夜龙泉壁上鸣"，其爱国情怀、英雄气概，动人魂魄，感人至深，形成凝聚中华民族的伟大精神力量。

历代优秀诗词作品，还表现了贯穿始终的同情百姓、关爱民生的人文主义精神。例如，杜甫的"上感九庙焚，下悯万民疮"，"朱门酒肉臭，路有冻死骨"，以及"安得广厦千万间，大庇天下寒士俱欢颜"等诗句，充分表现了作者忧思国运，关爱人民的思想感情。再如，唐诗《悯农》："锄禾日当午，汗滴禾下土，谁知盘中餐，粒粒皆辛苦"等诗，充分体现作者体恤民艰，主张惜食节物的思想，均具有深刻的教诲功能。

　　古典诗词作品还能起到鼓舞士气，奋发精神的作用。我们不难从屈原的"路漫漫其修远兮，吾将上下而求索"中，感受到锲而不舍，追求真理的不懈精神。青少年读者可以从"少壮不努力，老大徒伤悲"的诗句中明白应从小志存高远，努力攀登的道理。老龄读者也可以从"老骥伏枥，志在千里"的诗句中吸取继续奋斗，老有所为的精神动力。

　　古典诗词作品中洋溢着的"三杯吐然诺，五岳倒为轻"的诚信精神以及"谁言寸草心，报得三春晖"的母子挚爱，"遥知兄弟登高处，遍插茱萸少一人"的手足深情，和"桃花源水深千尺，不及汪伦送我情"的朋友厚谊，均有助于今天我们诚信社会的建设与和谐人际关系的构筑。

　　此外，古典诗词作品往往采用譬喻、比德的手法，来教育人们应具有高尚的品德。例如，古代诗词常将梅、兰、竹、菊等喻为"四君子"，写出诸多吟咏"四君子"美德的篇什。如林逋的"众芳摇落独喧妍，占尽风情向小园"；郑板桥的"咬定青山不放松，立根原在破岩中，千磨万击还坚劲，任尔东西南北风"等，都具有润物无声，潜移默化的教化作用。

我还想强调一点的是，许多古典诗词所主张的天人和谐、亲近自然、保护生态的正确自然观，对于今天我们建设资源节约型、环境友好型社会，也具有启迪作用。早在上古唐尧太平时代的民谣《击壤歌》，就歌颂"日出而作，日入而息，凿井而饮，耕田而食"的人与自然和谐共处的场景。庄子也主张"天地有大美而不言"。其他诗作，如"山光悦鸟性，潭影空人心"、"青山看不厌，流水趣何长"、"晴空一鹤排云上，便引诗情到碧霄"、"我见青山多妩媚，青山见我亦如是"以及"少无适俗韵，性本爱丘山"等等，在在表现了古代诗人崇尚自然，主张与自然界和谐共处的观念，发人深省。

二、人生智慧的启迪

古典诗词往往采用比、兴的写作手法，从描述对象中悟出深刻的哲理，给人以智慧的启示。而且由于诗词作品具有言简意赅、朗朗上口的语言特色，故而易于背诵、记忆，往往形成警句、格言，有的已转化为成语、俗语和口头禅，在民间代代流传，使人们从中悟出许多为人、处事、治学的道理，终生受用。

例如，人们不难从《诗经》的"他山之石，可以攻玉"，以及苏东坡的"不识庐山真面目，只缘身在此山中"等诗句中，领悟到旁观者清，当局者迷的道理，明了应从多种角度、不同立场来全面观察、认识事物，取得信息平衡的重要性。人们也不难从"试玉要烧三日满，辨材须待七年期"中知悉长期考察人才的必要性；从"纸上得来终觉浅，绝知此事要躬行"中得知实践出真知，实践检验真理的道理。同样，人们往往从"会当凌绝顶，一览众山小"，以及"欲穷千里目，更上一层楼"的诗句中领会到努力提高自身修养，提升认识高度，开阔视野的重要性。

谈到古典诗词给予人们的智慧启迪，不能不提及王维国从前人诗词名句中归纳总结出的做学问的三个境界，即"昨夜西风凋碧树，独上高楼，望尽天涯路"，"衣带渐宽终不悔，为伊消得人憔悴"，以及"众里寻他千百度，蓦然回首，那人却在灯火阑珊处"。这个概括，对于我们做学问、搞科研，都有重要的启示作用。

三、艺术魅力的熏陶

中国古典诗词，无论是五言律绝、七言律绝，还是宋词、元曲等，由于系经过长期摸索，逐渐总结形成一套格律，具有对称、均衡的结构美，合辙押韵、抑扬顿挫的音韵美以及平仄对比、长短相协的节奏美，因而具有无与伦比的艺术魅力，容易使人获得流连忘返的美的享受。

首先，古代诗词具有简洁美。而简洁、大气是艺术臻于至善的表现。诗词作品用词、炼句、择字均极其讲究，所谓"吟安一个字，拈断数根须"，"爱好由来下笔难，一诗千改始心安"。由此造成诗词作品往往极其凝练，绝少废话，故而使人百诵不厌，百吟如新。而且由于诗人反复推敲、琢磨、修改，用字安词，十分精当，绝妙，构成许多"诗眼"，令人耳目一新，诵之不忘。例如"春风又绿江南岸"，"红杏枝头春意闹"，"江流天地外，山色有无中"以及"绿肥红瘦"等，比比皆是。

许多优秀的诗词作品，其语言平实、朴素，情感真实、深切。这是由于诗人们观察入微，体验真切，感受独到的缘故，也因此能深深地打动人心，引起共鸣。正如《菜根谭》所云："文章作到极处，无有他奇，只是恰好"，"浓肥辛甘非真味，真味只是淡"。这方面，我们可以举出"大漠孤烟直，长河落日圆"，"笙歌归院落，灯火下楼台"，"碧云天，黄叶地，秋色连波，波上寒烟翠"等例子作为代表。又如宋代陈师道的《示三子》："去远即相忘，归近不可忍。儿女已在眼，眉目略不省。喜极不得语，泪尽方一哂。了知不是梦，忽忽心未稳"一诗描写亲人久别重逢的情景，十分真切、感人至深。

李政道曾经说过："艺术是用创新的手法去唤起每个人的意识或潜意识中深藏的已经存在的情感。情感越珍贵，唤起越强烈，反映越普遍，艺术就越优秀。科学，是对自然界现象进行新的准确的观察和抽象。这种抽象的总结就是自然定律。定律的阐述越简单，应用越广泛，科学就越深刻。所以，艺术和科学的共同基础是人类的创造力。它们追求的目标都是真理的普遍性。它们事实上是一个硬币的两面"。

诗词创作要用到形象思维，要凭敏锐的直觉和联想，所以比、兴两法是不能不用到的。比者，以彼物比此物也；兴者，先言他物以引起所咏之词也。所谓比、兴，本质上就是建立两个事物之间的联系。而无论文学艺术也好，科学创造也好，其天才人物，往往就在于善于建立两点之间的联系，也即擅于联想。联想就是创新。许多优秀的诗人词家善于联想，富于想象，擅于创新，因此其所创作的诗词作品，就具有格外动人的艺术效果，获得永葆青春的艺术魅力。例如"春蚕到死丝方尽，蜡炬成灰泪始干"、"问君能有几多愁，恰似一江春水向东流"，"乌云压城城欲摧"等等，都是巧于联想，富于创新的名篇佳句。

总之，自《诗经》以降，数千年间，无数仁人志士，智者才子，无数高智商、高情商的杰出人物，花费毕生精力，竭尽才思，创作了不计其数的诗词佳作，在在闪耀着思想的光芒，凝聚着智慧的结晶，展现了艺术的魅力，形成了丰富的宝库。懂得学习和欣赏古代诗词，无疑是一件令人获益匪浅的产出投入比极高的益事。许多国际友人，为了能真正欣赏中国古代诗词，从中获益，不惜花费许多精力，克服种种困难来学习汉语。而我们作为中国人，不存在语言文字上的过多障碍，更应成为古代诗词宝藏的淘金者和掘宝人。提倡大家都来学一点古典诗词，对于我们培养德、智、体、美全面发展的人才，对于建设文化大国和创新型国家，均有所裨益，值得大力倡导！

参考文献：

1.《诗词基本知识》席金友编著　内蒙古人民出版社　1980年

2.《永恒的民族古典》陈载舸著　广东人民出版社　2005年

3.《诗词读写丛话》张中行著　中华书局　2005年

吴硕贤诗词选集

后记

借编辑出版诗词选之机，我又将选集中总计258首诗词仔细阅读了一番，感触良多！集中所收录的最早诗作系写于1960年，自那以来，不觉逾半个世纪过去了。细读这依年代为序编排的诗词，不禁又勾起我对往事的回忆。从这些诗词中，可以看出自己人生的大致轨迹，也可检视自己心路的约略历程。"毛诗序"云："诗者，志之所之也，在心为志，发言为诗，情动于中而形于言"。钟嵘《诗品序》亦言："气之动物，物之感人，故摇荡性情，形诸舞咏。"回顾自己写作诗词的情况，也大致印证了前贤的这些论述。由于自己一贯是偶尔吟之，因此尽管所写作的诗词数量并不算多，却也少去命题应酬之作，也免却无病呻吟之嫌。本集中的诗作，多数是由于外界景物情事使自己的内心真正有所感动，或是自己思考自然、社会与人生时有所领悟，方才提笔用诗词表达、记录下来。从这个角度上讲，尽管不敢保证选集中所有诗词的艺术水平有多高，然而它们的确反映出作者当时当地的真情实感和对事物的认识与见解，亦即符合"言为心声"的宗旨。

在本诗词集的扉页上，附有包堃先生抄录我的诗词时留下的几帧书法作品。包堃先生系我在母校漳州一中读书时的语文教师，与我母亲林得熙同是语文教研室的同事。这些书法作品是他在耄耋之年时所书写的墨宝，十分珍贵。他生前抄录了我的大量诗作，这里仅选登几幅作为留念。

20世纪80年代初，我曾将自己的诗词习作请叶圣陶先生斧正。叶圣老认真地为我的诗词稿作了批注，并复了函。此函在我1995年出版《偶吟集》时，曾代为序言发表过。此次将之作为附录再次发表，以飨读者。

附录中还收入"培养学生对古典诗词的鉴赏能力"及"提倡学一点古典诗词"两篇文章，系我在由中华诗词学会与教育部高等学校文化素质教育指导委员会与中华诗教委员会举办的当代中华诗教理论研讨会和全国诗教经验交流会上的特邀讲演，文中谈及我对古典诗词创作与鉴赏的若干见解。

　　我夫人朱琴晖打印了全部书稿，谨此表示衷心的谢意！